AMOR FATI

Poesie | Prosa

REIFE

STEIFE REIFE

Nun, da ich doch nicht jung sterbe

Ergeben sich ne Menge Probleme und ich werde

Also ne steile Karriere und so'n Kram machen

Mich in der Welt verlieren… habe dafür Kohle für einige geile Sachen

Alles, wofür ich mich hätte früher geschämt

Wird nun nicht mehr verbrämt

Die Glut in mir, sie muss erkalten

Kein Höhenflug – nur noch das Notwendige muss walten –

Mich überkommt eine fürchterliche Seelensteife:

Die Mehrheit der Menschen nennt es Reife.

ICH zündelte, welch‘ nervenkitzliges Abenteuer

Eh‘ ich mich versah, fing der Dachstuhl Feuer

Es kümmerte mich nicht allzu sehr

War ich doch des Brandes Herr

So dachte ich, bis Rauch aus dem Keller quoll

Nun, dies hatte ich gewiss nicht auf dem Plan

Rannte kopflos umher, hilflos und toll

Gab die Zügel aus der Hand, floh in den Wahn

Verfluchte Gott und seine Kreaturen

Und doch waren‘s nur meine eig‘nen Spuren –

Kein anderer wird das Feuer je ersticken

So klar kann ich nunmehr die Welt durchblicken.

Ich stellte meinen Willen über die Vernunft

Was folgte war eine grausame Zusammenkunft

Von Wut, Verlust, Hass und Depression

Ich wollte doch nur strahlen – ach welch‘ Hohn

Angeklagt habe ich unbarmherzig die Welt

War Luzifer, der aus dem Himmel fällt

Nein, den Lauf der Gestirne vermag ich nicht aufzuhalten

Gleich wie ich versuche, die Dinge aufzuspalten

Nur in meinem inneren Reich d a r f ich walten

Das Feuer in meinem Haus wird langsam erkalten.

Ich setzte mich auf den strahlenden Königsthron

Hielt mich für niemand geringeren als des Königssohn‘

Steckte beiläufig mein Haus in Brand

Fuhr blind und sorglos gegen die Wand

Weiß nun endlich, wo ich nicht hingehöre

Wann ich des Universums Harmonie störe

EIN ANSTÄNDIGER KERL

Hab‘ mich sehr verbogen,

Hab‘ die Welt belogen –

Wollt‘ kein‘ verletzen,

Wollt‘ mich stets am Guten wetzen

Sagte zu allem *ja*, und lächelte

Sagte zu allem *klar*, und hechelte –

Bin ein geübter Heuchler,

Bin ein lächelnder Meuchler –

So kann ich nicht mehr verweilen.

Ende! Aus! – Auch dieser Zeilen!

WANN ist das Reich untergegangen

Dort die Freude hauste

Die Kreativität weilte

Neugier und Augenblick zu Hause waren? –

Wann begann ich

Ohne meine Schätze loszuziehen?

Ich vermisse Euch zum ersten Mal:

Lange weilte ich im tiefen Schlaf

Des Selbstgerechten

AMOR FATI

IM Dornenbusch kauern sie verborgen

Bang ob ihrer Nacktheit, ach, so voller Sorgen

Zugepresst sind ihre Lippen und Lider

Stumm schreien sie: „Wir sind nicht hier!“

Die Wahrheit, sie bleibt stehen, blickt auf sie nieder,

Spricht verwundert: „Der Mensch ist entstellter als jedes Tier

Voller Scham blickt er in den Spiegel der Welt

Kein vergleichbares Wesen, das sich so verbissen verstellt –

Verständlich“, spricht die Wahrheit mit Liebe fort,

„Die Welt ist ein absurder, ja bizarrer Ort

Du hast die Wahl: Liebe ihn – oder ziehe weiter

Doch bei aller Tragik darfst Du heiter

bleiben, Deinen Weg humorvoll beschreiten,

Sonst wird Dich das Schicksal zerreiben –

Amor fati – das rat ich Dir,

Und auf die Schnelle: Schnaps und Bier!“

DER EWIGE MENSCH OHNE TRAGIK

Aus dem unendlichen Ozean erwacht

Getrieben von einer namenlosen Macht

Ein Wesen, das zweifelt und fragt

Den Abgrund betrachtet, die Welt anklagt:

„Ich bin geworden. Mein Zweck ist zu vergehen –

So sinnlos. Könnte ich es doch nur anders drehen!“

Der Zweifelnde nimmt ein Bad im Reich der Sinnlichkeit

Es belebt, zerstreut, er inkarniert und verstärkt sein Leid.

Vergessen will er sein verdammtes Wesen,

„*Ein besserer Mensch werden*“: hieran genesen

Er verneint das Unbestechliche: den Lauf der Natur

Und diese Flucht meistert er mit Bravour –

Bis zum Ablauf seiner Lebensuhr - - -

Aus dem unendlichen Ozean erwacht

Getrieben von einer namenlosen Macht...

DER SHITTEST DES LEBENS

Aufgeblitzt in einer endlosen finsteren Nacht

Doch schon dem Verglühen so nah

Mit dem ersten Atemzug

Ein Zeuge göttlicher Ideen.

Hoffnungslos verdammt, hoffnungslos verloren:

Kannst du's dennoch ertragen? –

Gar mitspielen, frei und mit gutem Herz'?

DIE Liebsten sind mir die Verwundeten, die Ihre Wunde tragen

Und das „warum ich?“ nie fragen –

Jene Naturen mit Abgründen, die

Gewaltigen Mutes dahinschreiten. Gleichsam gewaltig sterben,

Auf ihrem Weg das Wahrhaftige nicht verderben

Den Becher bis zur Neige leeren

Eingehen in heroische Sphären

LASS uns einigermaßen aufrecht gehen

Wir brauchen keine Welt zu erretten

Lass uns unsere Wunden spüren

Wir brauchen sie nicht zu heilen

Lass uns Seele, Herz und Kopf vernehmen

Wir brauchen keiner Mode zu folgen

Lass uns Schicksal von Eigensinn scheiden

Wir brauchen nicht ausgeliefert und gefangen zu sein

Lass uns unaufhaltsam dem Ende entgegengehen

Wir brauchen an nichts festzuhalten –

Ach, lass uns leben, wie es sich gehört!

DIE VERBINDUNG

Ich wollt‘ der *sein*, der ich bin

Schicksalsergeben empfangen, was mir bestimmt –

Ich wollt‘ der *werden*, der ich sein kann

Mein freier Wille überwindet das Festgelegte –

Und ich bin und werde, wer ich bin und sein kann

Das, was wird, ist längst angelegt:

Im Samen schon ist der Plan –

Hier treffen sich Fatum und Freiheit:

Ob wir werden, was wir sein können

Liegt in unserer Hand.

Lasst uns nicht auf den Schlächter warten

Oder gegen die Wand rennen –

Lasst uns gehen, erhaben und wissend:

Wir sind frei. Und eingebunden.

DIE größte Lust zum Dasein

Heißt den Schmerz stets willkommen –

Und jener weiß im Tiefsten

Wer ihn im Spiegel erwartet –

Das wahrhaftige JA

Umfasst jedes NEIN

WELTSCHMERZ

SEHNSUCHT NACH –

Ich sehne mich nach Dir, Gefährte

Und such‘ Dich landein, landauf:

Du, mein Hafen, auf den ich Kurs nehmen *will* –

Seit meinem ersten Atemzug.

Doch plagt mich Furcht vor zweierlei:

Dass es Dich nicht gibt *in dieser Welt*

Und ich Dich verloren habe, irgendwann, irgendwo

Als mein Bewusstsein noch schlief.

Jedoch: meine Seele kennt Dich:

Wir dürsten, weil es Wasser gibt –

Ja! Es m u s s Dich geben:

Ich werde Dich finden

Da draußen.

Oder in mir –

EIN Schatten. Ich denke an Dich –

Sonnenstrahlen fallen durch das Fenster

In geheimen Ecken ziehen sich unsere Blicke an

Ich juble. Und verzweifle zutiefst –

Traumbilder, prächtiger denn je

Der Duft des Lebendigen zieht in meine Nase

Du fehlst. Jeden Moment –

Werde Dich immer suchen,

Nie mehr finden.

WAS SUCHE ICH NUR

Aufgerissene Augen. Den Blick streng nach innen,

Bilder und Seelenregungen, Andeutungen

Erinnerungen an Eden –

Doch den roten Faden längst verloren.

Ich habe mich verlaufen

Auf der Suche nach dem unbekannten Ziel.

Den Minotaurus wird's freuen.

Ich kann nicht aufhören zu suchen –

Drum darf ich nicht finden.

Unterwegs, im Labyrinth, treffe ich vom Wahn Geschlagene

Wir grüßen uns, verzweifelnd lächelnd –

Weiß er's?, aber nein:

Keiner weiß es. Und doch hört es nie auf:

Was suche ich nur?

DYNAMIKEN

Ebenmäßiges Antlitz. Wahres Strahlen

Verfallene Schönheit, gehetzter Blick

Blühender Wald, Vogelgesänge

Nebelbrühe und Totenstille

Genius und Inspiration

Dumpfheit, Transpiration.

Ein Berg, der alles überstrahlt

Ein Tal, das seinesgleichen Tiefe sucht.

Überall reiche, tiefe Fülle

Nirgends ein Ort ohne schiere Leere

Jedes Werden ein Sterben. –

DAS, was mein Herz im Tiefsten berührt

Jenes, was mein Eros nicht verführt –

Ich werde es niemals halten

Doch mein Wunsch, es zu tun, niemals erkalten

Loslassen muss ich Dich

Für das Größere. Und auch für mich.

Sei frei, meine Liebe, und fliege…

POETISCHES SELBSTBILDNIS EINES HOLDEN CAULFIELDS

Deine Unschuld blickt mich an,

Deine Freude und Naivität –

Das Kind in Dir.

Und deinen Schmerz, den fühle ich,

Die Zerbrechlichkeit der Welt –

Komm, ich will meinen Mantel über Dich legen

Dich beschützen *vor der Welt* –

Und werde doch scheitern, immer wieder! –

Ich bin ein Fänger im Roggen

Doch renne ich nur

Und fange nichts.

Dich in meinem Herzen spüren zu dürfen:

Mein Segen –

Dich gehen lassen zu *müssen*:

Mein Fluch.

ZUWEILEN will ich mein Leben geben

Ach, mich ganz und gar lassen, aus vollem Herzen hassen

Mich aus dem hier winden: aus allem verschwinden…

Welch‘ hartes Wort: ich geh‘ nicht fort

Muss viel über mich lachen – muss weitermachen.

Bin verflucht.

Kann nicht anders handeln. Muss weiterwandeln.

Der Sinn dahinter? –

Ist ein Lügner.

SCHWER werden meine Glieder

Das Gemüt mir zuwider

Die Welt vom Nebel umhüllt

Der Sinn von Schwere erfüllt

Nie scheint das Schicksal so unausweichlich

Ich mir selbst so unbegreiflich

Und dennoch kehrt die Sonne eines Tages zurück

Der November währt nicht ewig: welch‘ Glück!

GÖTTER

ABENDS dann, nach den Irrungen und Kämpfen unter der Sonne
Überkommt dich, ganz ohne eigenes Zutun, eine gnadenreiche Wonne
Sie führt dich an die Schwelle der inneren Nacht
Ihr beiden, ihr verschmelzt, und so still, so sacht
Empfängt dich Hypnos, der Gott des Schlafs, und er wacht
Über deine müde Seele.

Bisweilen trägt dich Hypnos zu seinem Sohn, Morpheus genannt
Bei ihm, da ist es bizarr und schön: er ist der Herrscher des Traumland‘
Und wenn die Sonne weit im Osten schon aufgeht
Sagt man, dass ein Hauch von Prophezeiung durch die Träume weht
In eine neue Welt zurückgeworfen wirst du bald von einer ominösen Macht
Du öffnest die Augen. Vorüber ist die innere Nacht
Deinem Wecker sei Dank.

MODERNE Menschen, Göttern gleich

Herren ihres eig'nen Reich'

Haben kein' Platz für Dich, die Tore längst verriegelt

Das Buch des Lebens streng versiegelt

Wir haben uns von Dir abgewandt

Fühlen sie nicht mehr, Deine allumfassende Hand

Wie Nietzsche sprach, es ist so wahr

Wir gehen ohne Dich, unzählig Jahr für Jahr –

Die größte Schuld, unfassbar der Verlust

Wir töteten Dich, unbewusst

Sinn des Lebens.

ZUR SONNE, ZUR ASCHE

Wie viel Licht vermag dein Auge je zu fassen
Ab wann wird dein Blick sich senken
Bis zu welchem Punkt kannst du denken
Von welcher Erkenntnis musst du lassen? –

Die Sonne gestattet nur kurz, sie zu schauen:
Sie tut es aus Liebe zu ihren Geschöpfen
Niemals erfassen wir das Absolute in unseren Köpfen
Ein Jeder ein Mosaikteil des Einen –

Die Schlange und der Baum lassen uns nie das Ganze schmecken
Sie geben nur Andeutungen, erwecken
Den Geist, gleich wie wir kämpfen, denken und flehen
Erkennen können wir nur die Dinge, die uns zustehen –

Gott zu werden: unser großes Ziel, hieran werden wir scheitern

Das Licht wird uns zu Asche verbrennen, ungeachtet dessen

Lasset uns unsere Sicht, unsern Geist erweitern

Schreiten wir zur letzten Grenze, verlieren wir das Große Messen

Mit fröhlichem Herzen, im beflügelnden und unbestechlichen Wissen,

Wahre Menschen geworden zu sein, werden wir nicht reuen, nichts vermissen

Wir mussten, durften und wollten den Becher zur Neige leeren

Es gibt darüber hinaus nichts: wir können die Schöpfung nicht mehr ehren.

IN meinem Traum, und diesen vergaß ich schnell,

Erschien mir eine Lichtung im fremden Wald, warm und hell

Der Tag darauf forderte seine unzähligen Pflichten

Am lauen Sommerabend erst durfte ich über ein paar Stunden selber richten

Mich treibenlassend spazierte ich und folgte lediglich meinen eigenen Launen

Ich ging so umher, versunken, und mich ergriff schieres Staunen:

Ich erinnerte mich des längst vergessenen Traumes: ich stand d o r t

Der Kreis hat sich geschlossen: *irgendwas* trug mich zu *eben diesem Ort!*

Wie Wunderlich! – Doch vielleicht sind dies die verborgenen Wirkkräfte des Lebens

Etwas trägt uns zu dem uns bestimmten Ziel, ohne Rücksicht unseres bewussten Strebens

Der Traum prophezeit ein Schicksal, dem wir nicht können entfliehen

Gleich wie wir suchen, die Dinge in eine andere Richtung zu ziehen:

Ödipus gab sein Bestes, das Unvermeidbare abzuwenden, diese fürchterliche Bürde

Er erschlug seinen Vater, folgte seinen Lenden – und errang dadurch seine Würde –

Ich will ein Fenster öffnen: er soll mein Leben erhellen, dieser geistige Lichtstrahl

Wir stehen immer an zahlreichen Weggabelungen, wissend und ratlos haben wir oft die Wahl

Aber hinter jeder Entscheidung wartet schon einer, der zuvor wusste, wohin wir gehen

Ich will also das Leben durch diesen Blickwinkel sehen:

Von jedem Anfang bis zu allen Enden

Bin ich frei und werde doch getragen von größeren Händen.

DIE TÜRE

I.

Hier bin ich endlich und wieder

Und durchschreite die Welt

Auf der Suche nach dem Gral:

Ein Mensch muss ich werden, ganz und gar

Aufgehen, strahlen und herrschen

Mit frohem Herzen der Welt begegnen

Und sie in mir aufnehmen.

Die Türe bleibt einen Spalt weit geöffnet

Des Königssaal' Pforte wird nicht verschlossen

Und neben aller Weltbejahung

Fällt das Licht in mein Leben,

Gottes Funke, er leitet mich

Auf meinem endlos scheinenden Weg

Hindurch und zurück

Zum Einen –

II.

Ewig ruhe ich, der unbewegte Beweger

Die Schöpfung fließt aus mir

Tausende Götter

Myriaden von Galaxien

Unzählige Wesen habe ich ausgesandt –

Aus der Einheit gebrochen

Lieben und leiden, leben und sterben sie,

Bezeugen meine Herrlichkeit.

Ihr seid nicht allein, gleich wie sehr die Welt zerfällt

Und wie verschlossen ihr sein möget

Ich habe mich von euch nicht abgewandt

Das wart ihr – und ihr musstet es tun! –

Geht, geht bis zum Ende und wisset:

Für jeden von euch bleibt das Tor offen

Das ewige Licht wird nie erlöschen

Der Stern zeigt euch Weg und Ziel –

Hindurch und zurück

Zum Einen

DER EINE

Bei Eva und Adams Fall

Bin ich da

Und ich bin Gast auf Noahs Arche

Ich besteige mit Moses den Berg Sinai

Und wandle mit Theseus im Labyrinth

Und enthaupte an Perseus‘ Seite die Medusa

Ich begleite Ödipus, wenn er die Sphinx stürzt

Und sich selbst-erkennend blendet

Ich halte Odysseus die Treue auf seiner Fahrt

Mit Osiris werde ich zerstückelt

Und stehe Isis bei, wenn sie ihn heilt

Ich bin auf Golgatha in der Stunde null

Und bezeuge Christi‘ Apotheose

An Artus‘ Tafelrunde sitze ich

Und töte mit Siegfried den Drachen

Mit Siddhartha werde ich zum Buddha

Und empfange Erleuchtung

Mit Platon, Pythagoras und Nietzsche

Dringe ich in neue Welten vor

Ich begleite Dich vom ersten Herzschlag

Bis zum letzten Atemzug –

Unzählig oft bin ich geboren

Und einmal weniger gestorben:

Ich bin der ich bin!

SEINE GNADE

Er umarmt den

S Ü N D E R

Zusammen sind sie

E I N S

ANDERE

ICH liebe die Liebe, die nicht vergeht –

Die Liebe, die vom Winde verweht:

Ein Kuss, eine Nacht,

Und am nächsten Morgen, still und sacht,

Bin ich verschwunden

Ziehe weiter, um Neues zu erkunden

Lass unsere Zukunft sterben

Und doch liegt nichts in Scherben –

Wir deuteten an,

Was nie sein kann

Unsere Liebe, wir sterben früh

Unbelastet und frei, bar jeder Müh‘

REINES Herz: beste Absichten

Nichts bedacht: Irrfahrt durch die Nacht

Grenzenlose Liebe, feiger Kapitän –

Wer nur mit dem Herzen sieht,

Ist blind vor Glück –

Und dem reinen, nicht verklärten Auge

Fehlt's daran.

Wir schlafwandeln.

EINES jeden Intention ist nur das Beste

Allerorts ehrliche und treue Bürger –

T ä t e r:

Das sind die anderen, die das Kreuz der

S ü n d e

Tragen, gefesselt von ihren Taten, gepeinigt vom

G e w i s s e n.

Manche schreien stumm, manche verzweifeln,

Andere sterben oder verlieren sich im Wahn –

Sie tun,

W a s z u t u n i s t.

BIST DU'S WERT?

Ich musste auf dem Sims balancieren

Ich musste wissen, wohin das Pendel ausschlägt

Ich musste in die dunkle Nacht

Nachdem ich den Himmel stürmte

Ich musste hungern und dursten

Nachdem ich auf einem Festmahl tafelte

Ich musste mich in Illusion verlieren

Und mein Strahlen musste verblassen –

Bist du's wert gewesen…

Dass ich dir mein Herz gab (damit du es wegschmeißen konntest)?

Ich fürchte, die Antwortet lautet ja:

D e n n i c h h a s s e d i c h s o s e h r.

SIE schreiten mächtig durchs Land

Die Fackel der Finsternis fest in der Hand

Vernebeln sie der Menschen Köpfe und Herzen

Entzweien Freunde und Familien, verbreiten Schmerzen –

Sie verkünden keine frohe Botschaft

Aus der Sterbensangst schöpfen sie ihre Tatkraft

Sie haben Erfolg: Vielen schnürt es die Kehle

Zu. Wen wundert's: „Angst essen Seele" –

Doch die so Eingeschüchterten lieben die Pein

Es verkrüppelt alles, Freiheit, Würde, Sein

Kommen wir da wieder raus?

POLYPHONTES

1. Xenos der Einsame

Xenos verfügte über einige ungesellige Charaktereigenschaften. Das gesellschaftliche Leben bekam ihm nicht sehr gut; gerne entfloh er der Enge der Stadt und streifte stunden-, sogar tagelang durch den Parnass. Hier fühlte er sich lebendig. Dachte er in den Bergen an Theben, überkam ihn ein Graus.

Enge Gassen, enge Herzen
Nur der Parnass lässt mich Theben verschmerzen.
So viel Dreck da unten, so viel Korruption
Diese Stadt spottet jeder Schönheit Hohn

Man munkelte, die Stadt sei wegen König Laios' sündhaften Lebenswandel dermaßen verkommen. Manche Thebener verstiegen sich sogar zu der Behauptung, Apollon habe deswegen die Stadt verflucht.

Fluch oder nicht, ich finde nirgends meinen Ort
Bin immer einsam, sehne mich nach einem vertrautem Wort

So kehrte Xenos schwermütig zurück. Doch je näher er den Stadtmauern kam, desto klarer wurden seine Einsichten. An Theben oder den politischen und gesellschaftlichen Umständen konnte er nichts ändern. – Ändern konnte er jedoch – und ausschließlich – seine Stellung: er konnte sich eine Frau suchen, Freunde finden, sich im „Freundeskreis Homerischer Dichtung e.V." engagieren – aktiv werden, sein Leben gestalten. Auch ein Einzelgänger lebt vom Austausch mit anderen. Und wenn er dann nicht glücklich wird in Theben, so dachte er, als er das westliche Stadttor durchschritt, zieht er eben weiter.

Die Welt ist im Fluss
Und ich Einzelgänger, ich muss
Mein Glück finden
In dieser Stadt oder sonst wo, irgendwo da hinten

2. Ein Einzelgänger unter Menschen. Kann das gut gehen?

So stürzte sich Xenos also in das Stadtleben. Er trank, tanzte, lachte, ging auf seine Nachbarn zu; an sich gefiel es ihm nicht sehr, es hatte einen schalen, für ihn verräterischen Beigeschmack; was ihm jedoch gefiel, waren die Früchte, welche seine vorgelebte Geselligkeit ihm einbrachten.

Für was ich mich hätte früher geschämt
Wird nun nicht mehr verbrämt

Er besuchte Dramen, stählte seinen Körper für einen Marathonlauf, rezitierte Hymnen, philosophierte auf der Agora; bald hatte er sich einen gewissen Namen gemacht.

Und doch stieg ein neues Gefühl des Mangels in ihm hoch. Dieses machte sich in seinen Träumen bemerkbar –

Eines Tages – er kam gerade von einem philosophischen Disput – überquerte Xenos den Königshof. Am Fenster des Palastes saß eine schöne junge Frau. Ihr gelangweilter Blick ging ins Nichts, als sie eines dynamischen Mannes gewahr wurde, welcher mit federnden, lebendigen Schritten ging –

Iokaste rief eine Zofe. Sie solle ihr diesen prächtigen Mann bringen.

Jetzt, da Laios in den Krieg gezogen
Und er mich seit jeher so schamlos belogen

Ist da nicht endlich meine Zeit gekommen?

Habe mich so lange als gute Gattin benommen

3. Karmafrüchte

Engumschlungen lagen sie im Bett. Das hatte Xenos sich nicht in seinen kühnsten Träumen erhofft. – Wohl war ihm bewusst, dass dies nicht von Dauer war und die Fallhöhe beachtlich. Der Tod war ihm gewiss, würde er hierbleiben.

Als sein Bewusstsein zu erlöschen begann und Traumfetzen aufstiegen – nun, da stieg auch Iokaste auf (ihn)… sie war unersättlich. Sie genossen sich. Iokaste nahm seine Kraft und Leidenschaft wahr und ebenso fühlte sie die Bangigkeit seines Herzens.

Du scheinst so stark, doch ist dein Herz schwach

Es pocht so sehr – ach, es macht gar Krach

Ruhig Blut, mein Lieber

Laios kommt erst in einem Jahr wieder

Bis dahin kann uns nichts passieren

Wir müssen nur die Palastwache schmieren

Ich will Dich sehen in jeder zweiten Nacht

Nun geh... ich vermisse nun schon Deine Pracht!

So also entwickelte sich die Affäre zwischen Xenos, dem einzelgängerischen Schmied, und Iokaste, der Königin Thebens.

Sie verbrachten heiße Nächte miteinander, sorgenlose Stunden, in denen die Zeit still zu stehen schien; es gab nichts anderes, was daneben Bedeutung hatte; und Xenos' Unbehagen schien sich immer mehr aufzulösen.
Sie waren verzaubert; doch kennt der Zauber die Vernunft nicht. – So also begab es sich nach wenigen Wochen, dass Iokastes Periode ausblieb –

Sie bat ihre Kammerzofe um Rat, die empfahl, das Kind sofort nach der Geburt auszusetzen, nicht ohne ihm zuvor die Füße durchzustechen – sicher sei schließlich sicher. Hiervon hielt Iokaste nichts; habe sie das Kind einmal geboren, würde sie es nicht übers Herz bringen, es auszusetzen.

Der Hofarzt, den sie großzügig bestach, riet ihr zu Räucherungen, Sitzbädern, Umschlägen, Einreibungen und Spülungen mit ätherischen Ölen. Dies würde zu einer schnellen und diskreten Lösung führen. –

Doch in Iokaste regte sich auch hiergegen Widerstand. – Es war ihre Leibesfrucht, wenn auch aus Verrat am König entstanden; hatte sie nicht das Recht, darüber nach eigenem Willen zu verfügen?

Auch wenn es meinen Tod bedeutet, i c h will das Kind kriegen
In einigen Monaten werde ich also darnieder liegen
So die Götter wollen vor des Königs‘ Heimzug
Wird er nichts erfahren von diesem süßen Betrug

Xenos‘ reagierte mit blankem Entsetzen. Dieses wurde nicht gemindert, als Iokaste ihm eröffnete, dass er sich um das Kind kümmern solle. Sie würde es protegieren und ihm eine gute Ausbildung ermöglichen; er – Xenos – solle es aber als Findelkind ausgeben, dass er hoch oben im Parnass gefunden habe.

So gebar sie sechs Monate später, in denen sie nur noch nachts den Palast verließ, um ihren wachsenden Bauch zu verstecken, einen Sohn.

Sie gaben ihm den Namen Polyphontes.

4. Selbsterkenntnis eines Jünglings

Polyphontes entwickelte sich prächtig. Er war kräftig und mit einem scharfsinnigen Verstand versehen; er besuchte die besten Schulen Thebens und erlernte früh die Kunst des Reitens. Die finanzielle Unterstützung Iokastes war mehr als ausreichend, sodass auch Xenos ein Leben in bescheidenem Wohlstand führen konnte.

Als Polyphontes die Adoleszenz erreichte, traten manche Charaktereigenschaften immer stärker zu Tage, die Xenos an seinem Sohn lieber nicht gesehen hätte. Er entwickelte eine Ungeduld, die mit impulsiven Handlungen einherging; gepaart wurde diese unselige Mischung mit einer Herumtreiberei, einem Einzelgängertum, das auch für seinen Vater so kennzeichnend gewesen war.

Xenos bemühte sich sehr, seinem Sohn diese Züge auszutreiben.

In deinem Werk wirst du Halt finden
Die Arbeit muss dich gänzlich schinden –
Deine Einsamkeit wird Dir viele Schmerzen bereiten
Ich muss Dich davor bewahren, muss Dich leiten

Der Irrglaube, den Charakter mit Härte umformen zu können, verursachte nur vordergründig, dass Polyphontes' *anders* wurde. Seine Ungeduld, seine Wut, sein diffuses Grundgefühl drifteten ab, versteckten sich; man sah sie nicht mehr, doch waren sie immer präsent: er sublimierte nichts, unterdrückte nur.

Als die Zeit gekommen war, einen Beruf zu wählen, vermittelte die königliche Kammerzofe, auf Iokastes Anweisung, dem Polyphontes eine Stellung als Wagenlenker am königlichen Hof. Seine Reitkünste waren in ganz Theben berüchtigt und man benötigte insbesondere für die engen, gefährlichen Wege des Parnass' gute Reiter; und so konnte Iokaste ihn schließlich in einer unbefangenen Situation aus nächster Nähe betrachten. – Sie war bereits sehr ungeduldig, ihn endlich zu sehen. Mehrmals musste sie sich stark zusammenreißen, um nicht das Haus des Xenos aufzusuchen…

Über diesen gesellschaftlichen Aufstieg vermochte sich Polyphontes nicht sehr zu freuen. Etwas anderes bedrückte sein Gemüt. Er kannte nur Xenos, jener Mensch, der seit jeher vorgab, ihn im Gebirge gefunden und vor dem Tod gerettet zu haben. – Wer waren seine tatsächlichen Eltern? Wer war seine Mutter?

Gleich, was geschieht: in mir klafft eine Wunde
Ich flehe zu Zeus: schenke mir auch nur eine Stunde
In welcher ich meiner Eltern' Antlitz gewahr werde
Und ist es das letzte, bevor ich sterbe –

Bei diesen Worten deuchte ihm, woher seine innere Unruhe, seine Ungeduld herrührte. Er musste sie finden, seine Eltern. Erst dann würde sich etwas in ihm versöhnen.

5. Delphi spricht

Drum machte er sich, ohne Xenos' Wissen, auf den Weg zum Mittelpunkt der Erde, dorthin, wo die beiden von Zeus' losgeschickten Adler aufeinandertrafen: nach Delphi. Dort, im Apollontempel, würde Pythia die Antwort Apollons empfangen. –

Ist es unser Schicksal, zu darben?
Werden unsere Wunden jemals vernarben?
Ich will ganz sein, mit meiner Seele versöhnt
Ertrage es nicht, wenn die Schöpfung mich verhöhnt
Großer Apoll! Ich begehre Antwort:

Wer sind meine Eltern, an welchem Ort

Werde ich sie finden?

Und das Orakel sprach:

Zügle nicht, was gezügelt wird; andernfalls wird das Ungezügelte großes Unglück bedeuten.

Dies war eine für Polyphontes unbefriedigende Antwort, obschon er im Tempel seine Enttäuschung unterdrückt hatte. Er hatte sich die Mitteilung eines konkreten Ortes, zu dem er sich begeben konnte oder zumindest einen Hinweis auf den Namen seiner Eltern erhofft. So aber wusste er nicht, was er mit dieser Weissagung nur anfangen sollte.

Er spottete schließlich über diesen abwegigen Orakelspruch. Apoll würde ihm also nicht helfen, trotz seiner Seelennot! Nun denn: für was braucht der Mensch auch Götter, die doch vor allem mit sich und ihren Lieblingsmenschen beschäftigt sind?

Vor Euch müssen wir den Blick senken, unser Haupt mit Asche bedecken

Doch Ihr helft uns nicht – ich kann Euch nur meine Faust

entgegenrecken

Keinen von Euch habe ich je gehört, je mit eigenen Augen gesehen

Ich muss auf mich selbst bauen; meinen Weg alleine gehen

Leb wohl, Apoll –

Dein Zynismus ist grauenvoll!

6. Mutterliebe

Unterdessen suchte Iokaste des Xenos' Haus auf. Sie halte es nicht einen Tag länger aus; sie darbe und wolle ihn heute sehen. Xenos erwiderte, dass er nicht wisse, wo Polyphontes sich herumtreibe; überdies halte er es allgemein für keine gute Idee, es wäre zu unvorsichtig. –

Da gebot sie ihm zu schweigen.

Was bist Du nur für ein Mannesbild! –

Ängstlich, berechnend, so wenig wild

Wenn mein Sohn zurückkommt: schicke ihn sofort zu mir

Und, höre, ehemals Geliebter, ich rate Dir

Mit mir vollumfänglich zu kooperieren

Ansonsten werfe ich Dich zum Fraß vor – den wilden Tieren

Sichtlich beeindruckt stimmte Xenos zu, obschon es ihm rätselhaft war, weswegen Iokaste es nun so eilig hatte. Er konnte nicht wissen, dass Iokaste kurz nach Polyphontes Geburt und Laios' Rückkehr erneut schwanger wurde – und dass sie diesen zweiten Sohn tatsächlich ausgesetzt hatten. Es war tiefe Reue, die sie seither plagte, und ihr Herz schrie nach diesem einen Sohn, Polyphontes, der für sie noch erreichbar war. Und Xenos konnte ebenso wenig wissen, dass Iokaste in den vergangenen drei Nächten von fürchterlichen Albträumen heimgesucht wurde, in denen ihr lebender Sohn, Polyphontes, von ihrem anderen Sohn, den sie für tot hielt, kaltblütig getötet wurde.

7. Des Königs Sehnsucht ist des Jünglings Chance

Als Polyphontes sich Theben vom Süden näherte – westlich der Stadt trieb ein Ungeheuer, die Sphinx, ihr Unwesen, weswegen er also besser daran tat, einen Umweg einzulegen –, beschloss er, direkt zum Königshof zu gehen und dort als Wagenlenker anzuheuern. Xenos, da war er sich sicher, konnte ihm nicht mehr weiterhelfen bei seiner Suche; wahrscheinlich lag es auch nicht in seinem Interesse, dass er je seine wahren Eltern finden würde.

Würde die Konkurrenz am Hof groß sein? – Dieser Gedanke wurde rasch zerstreut, als man ihm mitteilte, dass der einzige königliche Wagenlenker gestern von der Sphinx getötet worden sei. Polyphontes wollte wissen, warum die Sphinx dies getan hatte. Da teilte man ihm mit, dass sie einem jeden, der sie passieren wolle, ein Rätsel stelle:

Welches Lebewesen bewegt sich anfangs mit vier, danach mit zwei und am Ende mit drei Beinen?

Könne man dies nicht richtig beantworten, würde sie den Unglücklichen zerreißen. Wahrscheinlich sei die richtige Antwort „der Mensch", dachte Polyphontes, denn dieser krabbelt zunächst auf allen Vieren; kann er laufen, tut er dies auf zwei Beinen; und schließlich, wenn er alt und gebrechlich ist, benutzt er einen Gehstock. – Er hatte jedoch keine Muße, darüber zu diskutieren; er wollte endlich handeln und bot dem König seine Dienste als Wagenlenker sofort an.

Zwar legte dieser Wert darauf, seine Bedienstete erst streng zu prüfen, ehe er sie einstellte; dieser schien ihm gleichwohl vertrauenswürdig und kräftig, er würde die mitunter ungestümen Pferde des Königs zügeln können. Nicht weniger war jedoch der

Umstand, dass sich Laios nach Chrysippos, dem Sohn des Pelops, sehnte, dafür verantwortlich, dass er Polyphontes sofort anheuerte; so ließ er sich von ihm noch am selben Tag zu seinem Geliebten kutschieren.

8. Alles geschieht, wie es geschehen muss

Während Iokaste unruhig durch den Palast lief – unruhig vor Freude, denn sie hatte Teiresias, den Seher, befragt, wann sie *ihren Sohn* sehen werde, und dieser entgegnete, es werde sehr bald geschehen –, fuhren Polyphontes und Laios durch den Parnass. Die Wege waren schlecht ausgebaut, die Kurven eng und an einigen Stellen gähnten fürchterliche Abgründe. Doch für den Fahrer stellte dies keine große Herausforderung dar. Er war ein geübter Reiter und Lenker und hatte die Zügel sicher und fest in der Hand, sodass eine Überquerung des Parnass für ihn mehr Routine, denn Problem war. So sinnierte Polyphontes während der Fahrt über des Orakels‘ Spruch, und erneut überkam ihn ein Hauch von Zorn, Zorn auf die Götter.

An einer engen Weggabelung fuhr ihm ein anderer Wagen entgegen, gesteuert von einem jungen Mann, der in etwa in seinem Alter war. Polyphontes rief ihm ungeduldig entgegen, er solle schleunigst zur

Seite ausweichen. Der andere, der offensichtlich ein weniger geschickter Wagenlenker war, machte gemächlich Platz; Polyphontes fühlte sich hierdurch provoziert. Da wurde der Ungeduldige, der eben die Götter verflucht hatte, also wütend und ließ sich hinreißen, mit der Peitsche in Richtung der Pferde des Ausweichenden zu schlagen. Ein Pferd trat aus, riss sich panisch aus seinem Geschirr frei und stürzte in den Abgrund. – Polyphontes, der dies nicht kommen sah, erschrak heftig. – Doch da stürzte ÖDIPUS bereits auf ihn und rammte das Schwert in die Brust seines Halbbruders; und als Polyphontes sein Leben mit weit aufgerissenen Augen aushauchte, da erkannte er die Bedeutung der Weissagung. Nicht nur sein unbeherrschtes Temperament führte ihn in dieses Unglück; sondern auch der Umstand, dass er zum Wagenlenker des Königs wurde, und dessen Pferde gleichsam zügelte.

Zügle nicht, was gezügelt wird; andernfalls wird das Ungezügelte großes Unglück bedeuten.–

Ödipus erschlug auch Laios, seinen Vater, den König von Theben. – Und Iokaste lernte bald daraufhin ihren Sohn kennen, doch ganz anders als erwartet.

Und ein weiterer Orakelspruch erfüllte sich.

GÖTTLICHER PLAN, MENSCHLICHE AUSFÜHRUNG

Er musste und würde sie vollbringen, diese schäbige, abgrundtief hässliche Tat; doch wurde sein Geist noch nicht mit dieser Erkenntnis erhellt.

Stattdessen empfand er sich bis in die Tiefste seines Wesens zerrissen. Viele Zeichen deuteten darauf hin, dass es bald enden würde; sie standen kurz vor der Vollendung ihrer Mission – und er hatte sich bereits einen Plan gemacht, was sein letzter Beitrag dabei sein würde. Und doch krampfte sein Herz, denn selbstverständlich liebte er ihn, dem er jahrelang blind gefolgt war; jenem, der aus ihm – einem Namenlosen – einen besonderen Menschen geformt hatte. Er war für ihn eine gute Sonne, ein Licht in einer dunklen und grobschlächtigen Welt; er war *der* transzendierte Mensch, der auserwählte Lebendige, in dessen Gegenwart alles aufzublühen schien. – Würden sie nun weitergehen, weitermachen, Wunder vollbringen, Heuchelei aufdecken, Wunden heilen – was würde sie erwarten? Hatten sie nicht schon alles getan und gesagt, was getan und gesagt werden musste? War nicht genau jetzt der Höhepunkt erreicht, da sie in die Hauptstadt eingezogen sind und er unzählige Andeutungen auf das nahende Ende gemacht hat? –

Bei aller Liebe, bei aller Bangigkeit des Herzens; er suchte sie auf, die Zähne dermaßen fest zusammengebissen, dass er spürte, wie manche sich lockerten, und er passierte die Wachen, welche bei seinem Anblick höhnisch lachten – so, als hätten sie nur auf ihn gewartet – und dann stand er schließlich vor den Hohepriestern. Von ihrem Thron herab blickten sie ihn verächtlich an, womöglich missbilligten sie gerade dieses sein Werk, dachte er; aber ob sie über einen solchen Grad an Integrität verfügten? – Nein, er kam ihnen recht, denn ihr verächtlicher Blick wandelte sich in einen kopfgeneigten, beinahe wohlwollenden Ausdruck, als er sein Anliegen vorbrachte. –

Tränen rannen ihm aus den Augen. Er hatte es angeboten; sie hatten es angenommen: es gab nun kein Zurück mehr, er musste zu seinem Wort stehen, *pacta sunt servanda*, wie die römischen Besatzer zu sagen pflegten. Als er sie sah, wie sie beisammen saßen und flachsten, krampfte sein Herz, stockte sein Atem; nein, nein, nein! – Gab es denn wirklich die Notwendigkeit, dass es endet? Seine Freunde waren so ausgelassen, sie schienen so behütet, so naiv… und er würde ihnen ihren Anführer nehmen? Diesen Punkt hatte er übersehen: es war also nicht nur der Verrat an *ihm*, sondern auch der Verlust, den die anderen elf erleiden würden. Nein, er musste es nicht tun. Er würde die Wachen nicht am vereinbarten Ort abholen; er würde eine Ausrede vorschützen und seine Freunde zum Verlassen Jerusalems überreden oder anflehen und notfalls alles gestehen, würden sie ihn dann auch aus ihren Reihen verbannen: lieber ging er künftig allein, um ihnen allen dies anzutun.

Mit gepresstem Atem setzte er sich zu ihnen an den Tisch; *sein* intensiver Blick traf ihn. – Wusste er etwa Bescheid…? Es begann bereits zu dämmern, als die Speisen aufgetragen wurden. Sein rastloser Geist ließ ihn nur wenig wahrnehmen, was die anderen elf taten; sein enger Fokus war ausschließlich auf ihn gerichtet, der schweigend und in sich gekehrt aß. Doch dann zerschnitt Jesus die Stille und er sprach: „Wahrlich, ich sage euch: Einer unter euch wird mich verraten.“. – Judas zuckte zusammen, sein trockener Mund stand offen, als er versuchte, diese Worte zu verarbeiten. Mein

Entschluss, dachte er, steht doch noch gar nicht fest; ich habe nur eine Option geschaffen, ohne diese nun ausüben zu wollen – mein Herz sei mein Zeuge; ich bin zu dieser Tat nicht fähig; es muss sich also um einen anderen der elf Freunde handeln. Diese Schlussfolgerung beruhigte ihn ein wenig; doch konnte er nicht so tun, als sei nichts geschehen und er konnte sich selbstverständlich nicht sicher sein, wie die Dinge sich entwickeln würden. –

Johannes schließlich unterbrach die allgemeine Schockstarre und Empörungswelle, zu welcher Jesu' Worte geführt hatten. Er trat zu ihm und fragte: „Herr, bin ich's?". Jesus neigte sich zu ihm und flüsterte in sein Ohr. Daraufhin stand Simon auf und trat vor ihn. Auch er stellte die gleiche Frage. Weitere Jünger schlossen sich diesem Beispiel an; nach den jeweiligen Antworten schienen sie erleichtert. – Alsbald fehlten nur noch Petrus und Judas. Petrus' Blick war bleich, als er von Jesus wegtrat; - war es also möglich, dass er der Verräter sein würde und der Kelch gleichsam an ihm – Judas – vorbei gehen könnte? Und als er zu ihm ging, stieß er ein Stoßgebet aus. „Wenn möglich, lass diesen furchtbaren Kelch an mir vorüber gehen, oh bitte!". Aber er vermochte nicht, *für das Notwendige* zu bitten. –

Sie schauten sich in die Augen und Judas sprach: „Bin ich's, Rabbi?". Und Jesus antwortete: „Du sagst es." –

Nach dieser Antwort setzten sie das Abendmahl fort. Es wurde das traurigste Mahl, das Judas je zu sich nahm; und als Jesus sprach, dass das Brot sein Leib und der Wein sein Blut sei und dass dieses vergossen werden wird zur Vergebung der Sünden – da kullerten Judas bittere Tränen über die Wangen.

Sie zogen in einen Garten, der hieß Gethsemane. Im Mondlicht erkannte Judas den todtraurigen Blick Jesu'. – Was tue ich nur, dachte er; was *muss* ich nur tun! Und als sie sich hinsetzten und manche beteten und manche einschliefen, da erinnerte er sich der Absprache mit den Hohepriestern, diesem fürchterlichen Bündnis, und er zog von dannen. –

Das ist meine Aufgabe, sagte er sich. Ich habe nicht darum gebeten; und doch ist sie notwendig und mir auferlegt und ich darf es nicht persönlich nehmen. – Ich verrate ihn nicht in meinem Herzen, ich bleibe innerlich treu. Und er weiß es selbst, er weiß, dass er notwendig ist und ich also keine Wahl habe; *er wird mich nicht richten.* Es muss sein, dachte er, als er die große Schar, welche mit

Schwertern und Stangen bewaffnet war, traf, und er dachte es ebenfalls, als er sie zu ihm führte und mehr denn je dachte er es – e s m u s s s e i n ! –, als er ihm – Jesus Christus – einen Kuss gab, was das verabredete Zeichen war. Und Jesus blickte ihm tief in die Augen und sein Blick ließ dieses „es muss sein!" sofort schmelzen, und es wandelte sich in ein tiefes Gefühl der Reue, dem Bewusstsein die größte nur mögliche Schuld auf sich geladen zu haben, und als Jesus ihn fragte, ob er ihn verraten würde, da murmelte Judas ungläubig: „Was habe ich nur getan!". –

Und er rannte zu den Hohepriestern und ihre verächtliche Miene machte ihm bewusst, dass sie seinen Verrat zwar wollten, aber *ihn als Menschen* missbilligten, denn ein Verräter, wurde ihm nun klar, bleibt ein Mensch ohne Integrität und die durch den Verrat Begünstigten sind ebenfalls ehrlose Menschen, was sie durch die Annahme des Verrats selbst erfahren. Nein, es sei nun zu spät. Sie hatten die Vereinbarung, beide Seiten hielten sich daran, alles Weitere gehe ihn nun nichts mehr an. Ihre unerbittlichen Gesichter ließen keinen Zweifel daran, dass er sie niemals erweichen konnte. –

Judas torkelte durch die Stadt. Ihm schien, dass alle Menschen sein verräterisches Kainsmal erkannten. Vor den Mauern Jerusalems nahm er erschöpft Platz unter einem Olivenbaum. Warum, fragte er sich, empfinde ich diese fürchterliche Höllenpein? *Ich tat doch nur, was getan werden musste.* – Aber nein, unmöglich ist es mir, in diesen Worten Trost zu finden. Wäre dieser Kelch nur an mir vorbeigewandert; wäre ich doch nur *feige* gewesen! – Diese notwendige Schuld muss ich tragen; doch erdrückt sie mich. Mein Werk, sinnierte er, war authentisch und richtig – im Verrat verhalf ich der Wahrheit und Liebe zum Sieg. Das also war mein Platz in der Vorsehung, dachte er, ich nahm ihn ein – und kann doch kaum mehr atmen, die Schuld umhüllt mein ganzes Wesen. Wütend und verzweifelt blickte er gen Himmel. Nein, für ihn gab es nun hier keinen Platz mehr; er hatte *ihn* verlassen. So göttlich die Vorhersehung war, so menschlich war er in seinen Gefühlsregungen: er musste zahlen, um seine Schuld abzutragen; und hierfür gab es nur ein Zahlungsmittel. –

Und so starb er einsam am Baum.

BRIEF AN EINEN FATALISTEN

Ich schreibe Dir heute, an Deinem Geburtstag –

Jetzt bist du also 27 Jahre alt, und noch ein ziemlicher Jüngling; dessen bist du Dir wohl bewusst. Du hältst Dir oft vor, ein Jüngling zu sein, „noch nicht so weit“ zu sein; doch, glaube mir, Du hast so viele Talente, so viel Potential: ja, Du bist ein Jüngling, weil Du noch nicht geschliffen, noch nicht fest bist – aber gerade das ist Deine Schönheit: Du kannst noch so viel werden. Manche Deiner Altersgenossen sind da anders gepolt; sie haben eine Menge erreicht, wesentlich mehr Prestige (und sind schon sehr satt), doch lass Dich davon nicht unterkriegen. Weißt Du, diese ganzen Vergleiche haben keinen großen Nutzen; im Zweifel schaden sie Dir, weil sie Dir zeigen, was Du nicht hast. Aber fragst Du Dich dabei fairerweise, ob Du es überhaupt brauchst? – Als Dein guter Freund – ich werde mir fortan anmaßen, Dich als meinen guten Freund zu bezeichnen – rate ich Dir: vergleiche Dich nicht mit anderen, sondern nur mit der alten Version Deiner Selbst. Wer warst Du gestern, wer letztes Jahr; wer warst Du als Kind? – Du hast einen langen Weg zurückgelegt und schaffst heute Dinge, von denen Du früher nicht zu träumen gewagt hättest.

Genug der aufmunternden Worte –

Du hast „schädliche Neigungen", wie man Dir nicht selten attestiert hat, das weißt Du selbst am besten, du fatalistischer Mensch. – Mit dem Altersunterschied von 13 Jahren will ich Dir sagen: lass die Welt nicht an Deinem Schmerz teilhaben! Du wirst Dich fragen, ob Du es nicht „der Welt" schuldig bist, ihr Dein wahres Gesicht zu zeigen und nach Deiner Natur zu leben, die da einige Abgründe umfasst. Du wirst Dich fragen, ob es nicht verlogen ist, sich zu verstellen und unter der Maske der Heuchelei durchs Leben zu gehen. – Selbstverständlich ist es das, nur: Du hast keine andere Wahl! Du argumentierst so gerne mit dem „Höheren" und betonst, dass die Schöpfung keine Fehler macht, und du folglich nicht „falsch" sein kannst. Mag sein. Doch die Gesellschaft macht Fehler. – Aber nach deren Regeln musst Du spielen, um (über-)leben zu können. Und diese erfordern nun mal, dass wir manche Seiten an uns im Zaum halten. Das ist wohl der Unterschied zwischen Kultur und Zivilisation; ich spreche bewusst von Kultur und nicht von purer

Wildheit, denn du verbindest jene mit „Höherem", du transzendierst Deine Lebensimpulse; drum bist du eine Art kultivierter Wilder. Die Gesellschaft liebt solche Typen nicht, das weißt Du selbst, und das spürst Du oft. – Wie auch immer: teile Deinen Schmerz nicht mit Deiner Umwelt. Du musst es runterschlucken, Du musst lieber implodieren, als die Fackeln der Dunkelheit weiterzutragen. –

Ich kenne den Gesichtsausdruck, den Du jetzt hast. Leicht überheblich, geschmückt mit einer Spur Selbstgefälligkeit, ja, und auch ein Anflug von Eitelkeit streicht vorüber; Du fühlst jedoch einen leichten Schauder – und, glaube mir, er wird noch stärker, wenn Du liest, was ich Dir jetzt mitteile.

Du wirst Menschen in tiefstes Unglück stürzen, Menschen, die Dir näher stehen, als Du es Dir nun mit Deinen 27 Jahren auch nur annähernd ausmalen kannst. Du wirst Dein Herz rausreißen, alle Liebe wird vom Schmerz verschlungen: das ist Dein persönliches Fegefeuer – Dein Dir bestimmter Platz (den Du aber nicht einnehmen musst!). Und sobald es wieder mühsam geheilt ist, beginnst Du von vorne. – Du kennst jene Träume, in denen Du jemanden versehentlich umbringst; Du kennst den furchtbaren Schmerz, den Du dabei empfindest, und der, nachdem Du erwacht bist, noch eine Weile anhält. Du weißt, wie es sich anfühlt, ein Täter zu sein. – Und du wirst ein Täter! – Dein Leben wird, trotz aller Sternstunden, einem Bad im Schmerz gleichen; anfangs wirst Du noch meinen, dass es das alles wert war; doch wirst Du einen Deal mit der Sünde eingehen: und diese lässt Dich nicht mehr gehen; sie verflucht Dich, und fortan immer, wenn Du sorgenverloren lächelst, wird Luzifer Dich des Handels erinnern, und Dein Herz krampfen und Dein Lächeln ersterben. Keine ruhige Stunde wird Dir vergönnt sein; Dein Seelenfrieden, den Du jetzt noch wahren kannst, wenn Du Dich zusammenreißt, wird verschwinden: und dies ist mit der größte Verlust, den ein Mensch erleiden kann. Und dann, mit 40 Jahren, wirst Du, mal wieder, auf dem Fenstersims sitzen; doch dieses Mal bist Du entschlossen und einsichtig, als letzter Akt, als Wiedergutmachung des Nichtwiedergutzumachenden –

Ja, die größte Sünde, der größte Fehler ist, dass Du je einen Atemzug getan hast; dies ist unumkehrbar auf ewig. – Minimiere darum wenigstens alles andere, minimiere Dich!

Ich bitte Dich nicht, Dich zu suizidieren; das wäre schwachsinnig (außerdem fehlt Dir hierfür der Mut). Ich bitte Dich, Dein Kreuz anständig zu tragen, still und friedlich, und wenn es dann alles irgendwann vorüber ist, dann kannst Du stolz auf Dich sein.

Ich bitte Dich: gehe nicht auf die Party heute Abend. Rede nicht mit dem blonden Mädchen; und tausche ja nicht Nummern mit ihr. Triff Dich nicht mit ihr. Gehe nicht mit ihr ins Bett… ich muss schweigen, bevor deine Lenden noch in Schwung kommen – es wird Deine größte Irrfahrt sein; es wird Deinen Absturz ungemein beschleunigen und es wird Dein Fatum erfüllen.

Ich bitte Dich inständig, höre auf meine Warnung! – Doch weiß ich, dass es der Ruf einer Kassandra ist. Gleichwohl flehe ich Dich an, auf dem Fenstersims sitzend, weil das meine einzige Chance ist; und ich flehe aus dem Tiefsten meines Herzens – das auch Dein Herz ist.

In 13 Jahren.

(MINDESTENS) DREI ZU VIEL

Das Problem dabei, Affären sauber zu führen, ist der Dschungel, in den man sich begibt; - man weiß nicht, ob man da rausfindet oder sich komplett verirrt, was mitunter eine Sauerei ergibt.

So ging es auch L. Er war ein passionierter Frauenliebhaber. Seine Libido war mit Mitte Dreißig noch auf einem Topniveau; sie nahm, seit er 17 Jahre alt war, überhaupt nicht mehr ab. Manche Kerle hatten sich schon ziemlich früh die Hörner abgestoßen; sie heirateten dann und wurden fett und satt. All diese Dinge stießen L. ab. Die Formen der Frauen zu erforschen war für ihn eine Art Erfüllung, obschon es doch immer nur ein kurzer Rausch war, auf den aber kein Kater folgte, sondern Sehnsucht – ad infinitum.

Der Hunger wurde so groß, dass er es nicht nur bei einer Frau beließ; er unterhielt sich mehrere „gleichzeitig", allesamt unverbindliche Affären.

So dachte er.

Doch L. bestand nicht nur aus seinen Lenden; er hatte auch ein Herz; und dieses verliebte sich schnell, und er schenkte es mehreren.

Anfangs fand er noch Erfüllung darin. Doch nach und nach wurde die Unverbindlichkeit immer weniger; Herzen banden sich zusammen; Erwartungen wurden hochgeschraubt. Er musste sich einen Wochenplan erstellen, um seine vier Geliebten unter einen Hut zu bringen. Sodann folgte ein Monatsplan; die Chance, neue Frauen kennenzulernen, schwand, verbrachte er seine Zeit doch immer mit denselben Damen. Sie wurden ihm überdrüssig – spätestens, als er im Sommer vier Wochen Urlaub einreichte und jede Woche mit einer anderen Lady wegfuhr. Seine Kollegen wunderten sich, warum L. so gestresst aus dem langen Urlaub zurückkehrte. – Aber er konnte sich nicht mehr daraus befreien; die Leichtigkeit, Affären zu beenden und neue zu beginnen, war vollständig verschwunden. Er verwechselte Geburtsdaten und Namen; der Wahnsinn, vier verschiedene Identitäten aufrechtzuerhalten, erschöpfte ihn dermaßen, dass er seinen Job verlor und mehr soff als nötig.

An einem klaren Freitagmorgen warf er sein Handy weg, löschte seine Socialmedia-Accounts und machte sich aus dem Staub. Die

Geliebten hörten nichts von ihm; darum suchten sie seine Bude auf – und sie alle trafen dort am Samstag aufeinander. Keine wollte der anderen glauben, bis sie einen Zettel fanden, auf den L. notierte, bevor er loszog:

Drei zu viel. Mindestens!!!

ZWANZIGUHREINS

I.

Er hatte sein Leben lang nur diese eine Armbanduhr und er trug sie immer und an seinem rechten Handgelenk.

Frauen kamen und gingen, Jobs wurden gewechselt, Familienangehörige starben und kamen neu hinzu; er wurde pummlig und wieder dünn, brachte es zu einem kleinen Vermögen und verschuldete sich; doch diese Uhr, so dachte er nun, sie war eine der wenigen Konstanten.

Er sinnierte viel über die Dinge, die ihn und alle nun Lebenden überdauern würden. Dabei beschlich ihn mitunter Bangigkeit – und er dachte sich, es sei eine Kinderei –, ob es wirklich *ohne ihn* weitergehen wird. Nicht, weil er sich für unersetzbar für den Fortbestand *des Ganzen* hielt oder sich eine große Bedeutung in diesem Universum zuschanzte; zweifellos würde aber seine Welt untergehen und damit alles, was er liebte und jemals erkannte. Er würde erlöschen: ein Licht, das vergeht und keine Spuren hinterlässt. Merkwürdig, dachte er, dass er diesen Hang hatte, das, was er als Welt bezeichnete, festzuhalten; es ist doch alles, was jemals ist, zum Untergang verdammt. *Wir sind da, um zu vergehen.* – Welch' grausiger Gedanke!

Er hörte Schritte im Flur hallen. Sie trugen Springerstiefel, das machte ordentliche Geräusche beim Gehen. Springerstiefel gefielen ihm nicht; Schuhe sollten elegant sein, fand er, ganz gleich, was man tut. Wie viele Paar Schuhe er wohl in seinem Leben trug? Sicherlich ein paar… Er liebte weiße Schuhe, die er trug, bis sie schwarz waren. Jetzt trug er nur Socken; er würde keine Schuhe mehr anziehen, das nahm er sich fest vor; wozu auch?

Die Schritte wurden lauter. So werde ich also in wenigen Momenten wissen, was es mit dem Leben auf sich hat, dachte er. Im Angesicht des Todes fallen die Schleier. Das Leben lässt sich nur erkennen von diesem Gegenpol aus. – Ob es dann aber nicht zu spät ist, fragte er sich. Hoffentlich wird es nicht zu bitter, dachte er. Er war überwiegend ein heiterer Mensch gewesen, was sich darin wiederspiegelte, dass ihm die meisten Dinge gleichgültig waren; er hasste es, seine Mitmenschen und sich und Politiker und Philosophen und das Leben ernst zu nehmen. Das ersparte ihm einiges und nahm ihm manches. Wird der Tod Rücksicht auf sein Gemüt nehmen? Wird er ihn heiter begrüßen oder seine Seele verzehren?

Der Riegel wurde zurückgeschoben und er zuckte auf. Die Augen der Wächter fixierten ihn, zusammengebissene Kiefer, kein Lächeln. Um Himmels Willen, stöhne er innerlich, diese Menschen nehmen ihren Job aber sehr ernst. Gut, dass die Gesellschaft mit diesen Leuten sehr bald endet.

Einer der Wärter sprach ihn in nüchternem Ton an, bar jeder Emotion – ein Mensch der Gattung „Beamter". „Selbstverständlich", entgegnete er murmelnd. Er blickte nochmal auf sein rechtes Handgelenk und hielt inne. Immerhin wird *sie* mich überleben, dachte er, und öffnete das Metallarmband und legte die Uhr auf den zerkratzten Tisch; und er lächelte sie noch einmal an und sie lächelte zurück: und dies tröstete ihn.

Und als die Schüsse knallten, lagen die Zeiger in der Kurve. Es war 20:01 Uhr.

II.

Eine Minute zu spät, dachte der Wärter, der ihn zuvor angesprochen hatte.

Das war selbstredend nicht optimal. Er wollte einfach effizient sein und das umsetzen, was ihm aufgetragen wurde; er liebte es, Zielvorgaben, die ihm *von oben* gegeben wurden, zu erfüllen. Sein Vorgänger war etwas anders gepolt. „Jede Minute, die wir zu spät sind, bedeutet, dass sie länger leben“, sinnierte dieser Scharfrichter; „ wir schenken ihnen also etwas und uns steht gar nicht zu, ihnen dies zu geben; wir gerieren uns insoweit als Herren über Leben und Tod“. Das Frappierende an dieser Aussage fiel diesem Scharfrichter gleichwohl nicht auf.

Nun, ihm war es wiederum gleichgültig, ob die Verurteilten länger lebten oder nicht; ihm war nur wichtig, Befehle zu befolgen. Seine Tochter fragte ihn letzte Woche, ob er kein schlechtes Gewissen habe bei dem, was er tue. „Warum sollte ich?“, entgegnete er schulterzuckend, und es klang weniger nach einer Frage als nach einem klaren Nein.

Die Zeit des Reflektierens war für ihn längst vorbei. Er grübelte jahrelang über Gott und die Welt und trieb dies auf die Spitze: er hyperreflektierte also und war letztlich zu keiner Entscheidung mehr in der Lage, egal ob dies Frauen oder Jobs oder den Abschluss von Versicherungen betraf. Daher war es eine großartige Gelegenheit, als der Machtwechsel vollzogen wurde und überall Behörden aus dem Boden sprießen, die es zuvor nicht gab; der staatliche Hunger nach Beamten war riesig. So wurde er an die Hand genommen und der Behörde „Verschärfter Umweltschutz“ einverleibt, selbstverständlich ein Euphemismus. Dort war er vor allem für Erschießungen von zum Tode Verurteilten der Nachnamen T – W zuständig.

Manchmal wurde eben von jener oberen Ebene angeordnet, dass die Delinquenten zu erdolchen seien. Dies mochte er nicht so sehr, war die Exekutionszeit dann doch nicht einwandfrei einzuhalten; manche kämpften noch Minuten danach gegen den Tod an, was ihn ungeduldig machte, weswegen er das traurige Treiben meist dadurch abbrach, dass er dann noch mehrere Male in den Herzbereich und in den Hals stach. Letzteres gab eine Sauerei sondergleichen, immerhin arbeitete die städtische Reinigung schnell.

An diesen Tagen kam er immer bedrückt nach Hause. Der Mensch im Beamten menschelte. Seine Frau mochte ihn dann nicht.

III.

Sie mochte ihn nicht deswegen nicht, weil er etwa menschelte, sondern weil sie ein Problem grundsätzlicher Art mit devoten Männern hatte; und er war dann sehr devot. Gleichwohl strahlte der Killer in ihm etwas für sie Anziehendes aus.

Ohne den Machtwechsel hätte sie ihn niemals kennengelernt, geschweige denn, sich auf ihn eingelassen: sie hatte dafür einfach einen viel zu hohen Marktwert. Sie wurde ihm im Zuge staatlicher Maßnahmen „zugewiesen", wie es im Beamtendeutsch hieß. Sie arrangierte sich damit, nicht zuletzt weil er sie weitgehend in Ruhe ließ; im Bett war er überdies nicht ganz schlecht – es sei denn, er musste wieder mehrmals zustechen: danach verhielt er sich wie ein auf dem Rücken liegender Käfer und ergeben und beinahe sklavisch, so, als ob er bestraft werden wollte.

So tat sie ihm diesen Gefallen, ihm, der schwerste Befehle exekutierte, ohne zu zögern. – Diesmal war es aber anders, dachte sie, ohne präzisieren zu können, woraus dieser Gedanke resultierte; und einige Wochen später wusste sie, warum es anders war: sie war erneut schwanger, damit hatte die Vierzigjährige nicht gerechnet, lag die letzte und einzige Schwangerschaft doch bereits 19 Jahre zurück.

IV.

Ihre Tochter war das, was man am ehesten als eine *toughe junge Frau* bezeichnen würde. Sie wusste, was sie wollte und nahm sich, was sie brauchte; um sie mit einer weiteren Redewendung zu charakterisieren: sie ging ihren eigenen Weg. Sie hatte eine harte Schale und einen harten Kern; ihr Kiefer war angespannt und zeigte permanente Entschlossenheit. Sie pfiff auf das System, fand den Unterwerfungstrieb geradezu widerlich: Freiheit stand für sie über allem. Sie wollte die Welt nicht besser machen oder retten, sondern nach ihrer Fasson leben. Diese Art zu leben war in jener Zeit in jenem Land weitestgehend verpönt und in elitären Kreisen gar verhasst; es „zählte das Wir", es „ging um das Überleben von uns allen", da war „jedes erdenkliche Mittel recht", um „die Schöpfung zu bewahren".

Sie war der Gegenentwurf von ihm. Als sie vor drei Jahren bekifft auf ihrem Bett lag, sinnierte sie darüber. Die Natur, so dachte sie, bringt immer das Gegenteil zum Vorigen hervor. Der Schöpfer schöpft seinen Antagonisten. Das ganze Leben bewegt sich in diesem stetigen Wechsel – wie eine nimmermüde werdende Spirale, die *irgendwohin* oder *nirgends* hinführt.

Das also waren ihre Gedanken, als sie den Joint rauchte. Sie hätte sich gerne auf dieses *Irgendwohin* oder *Nirgends* gedanklich weitereingelassen – sie spürte die Tiefe dieser geistigen Dimension –, doch unterbrach ihre Mutter diesen Trip, als sie ihr Zimmer betrat und sie mächtig aufschreckte.

V.

Ihre Mutter schüttelte den Kopf. Aber sie hatte keine Lust, ihre Tochter zu maßregeln. Auch wenn sie persönlich das Kiffen ablehnte – sie war der Meinung, dass es dumpf machte – gab es allenthalben schon genügend Verbote; ein bisschen Spaß musste erlaubt sein.

Sie bewunderte ihre Tochter, deren eigenen Willen, deren Mut, sich durchzuboxen und Entscheidungen zu treffen und deren Konsequenzen zu tragen – sie war so anders als ihr

Erziehungsberechtigter, jener, den sie in Unkenntnis der Umstände als ihren leiblichen Vater ansah.

Sie sah ihn nur wenige Male in jenem Sommer vor beinahe zwanzig Jahren; und doch war es liebevolle Intimität und extreme körperliche Anziehung, die ihre Verbindung kennzeichnete. Bei ihm blühte sie; es war so anders, als zu Hause, wo ein Beamter auf sie wartete. Bei ihm war Höhe und Tiefe, Rausch und Trieb, Seele und Körper. Und beide wussten sie, dass sie keine Zukunft hatten: nie war ihr die schmerzhafte Vergänglichkeit bewusster als in jenen vier Wochen ihrer Affäre – und zugleich bejahte sie das Leben nie mehr. Volle Lebensbejahung, so resümierte sie, war nur möglich bei voller Akzeptanz des Todes.

Es muss bei ihrer letzten gemeinsamen *Zusammenkunft* geschehen sein. Sie war schon spät dran (um acht Uhr abends sollte sie spätestens zu Hause sein), doch – oder gerade deswegen – überkam sie nochmal Lust. Sie rissen sich die Kleider vom Leib und es war so anders als zuvor.

Keuchend lag sie in seinem Arm und beide wussten, dass es ihr letztes Mal gewesen ist.

Er schaute auf seine Armbanduhr, die er an seinem rechten Handgelenk trug und niemals abnahm.

Es war 20:01 Uhr.

DIE ZWEI ANDEREN

Lies einmal die Geschichte nach und prüfe sie auf der Zunge, es ist da etwas, was fad schmeckt. Nämlich die Sache mit den beiden Schächern (...) Aber nun diese sentimentale Traktätchengeschichte mit dem biederen Schächer! (...) Was für einen Sinn hat solche Reue zwei Schritt vom Grabe weg, ich bitte dich? (...) Wenn du heute einen von den beiden Schächern zum Freund wählen müsstet (...) so ist es doch ganz gewiss nicht dieser weinerliche Bekehrte. Nein, der andere ist's (...) er geht seinen Weg zu Ende und sagt sich nicht im letzten Augenblick feig vom Teufel los, der ihm bis dahin hat helfen müssen. Er ist ein Charakter.

Hermann Hesse – *Demian*

Die Zeiten waren hart und angespannt und in einem römischen Knast fast unerträglich. Die Besatzer machten sich keine große Mühe mit den Straftätern. Hier, in der Provinz Palästina, waren die meisten Bewohner ohnehin keine römischen Staatsbürger, es gab also keinen Grund, hiesige (Klein-)Kriminelle in den Genuss der Anwendung

römischen Rechts kommen zu lassen.
Außerdem kochte das Blut der Besetzten und Erniedrigten; kleine Aufstände und Überfälle auf römische Patrouillen waren nicht selten. Schließlich trat nun zunehmend offensiver ein gewisser Nazarener auf und verkündete seine Philosophie, gegen die es aus römischer Sicht eigentlich nichts einzuwenden gab, wobei es für Rom auch nur ein rotes Tuch gab, und dies war die Anstachelung zum Volksaufstand. Dies war dem friedlichen Nazarener aber fremd, er sprach von geistigen Dingen, und dies konnte die militärische Macht Roms niemals in Frage stellen. Sollte er sich auch als Herrscher eines jenseitigen Reiches ausgeben und sich ausdrücklich nicht auf die römischen Götter berufen: dies alles tangierte Pontius Pilatus' Glauben nicht. Er verehrte den Gott Jupiter. Und da Jupiter, der ehemalige Zeus, über allen anderen Göttern thronte – nun, da konnte erst recht kein Mensch aus Fleisch und Blut diesem Himmelsvater gefährlich werden.

Die hiesigen Kapitalverbrecher wurden jedenfalls entweder gekreuzigt oder kamen bei Folterungen mehr oder weniger versehentlich ums Leben; sehr wenige hatten das zweifelhafte Privileg, auf die Galeeren geschickt zu werden – man denke nur an die Geschichte von Ben Hur, der, wiewohl unschuldig, jenes harte Schicksal ertragen musste. Lange saßen die Gefangenen, die nicht zu Sklavenarbeit verurteilt wurden, jedenfalls nicht ein, Rom musste sie während ihrer Inhaftierung schließlich mit Nahrung versorgen, und war diese noch so spärlich – fremdvölkische Mörder, die nicht einmal auf den Galeeren brauchbar waren, bei Wasser und Brot am Leben zu halten: dies war für die stolzen Römern sehr grenzwertig.

Kleinkriminelle hatten es dagegen ein wenig besser. Sie teilten sich zwar mit vielen anderen höllisch stinkenden Delinquenten eine Zelle und waren permanent angekettet, wurden aber meist sanfter gefoltert und wenige Glückliche erlangten nach einigen Jahren sogar wieder die Freiheit. Dieser Umstand darf nicht darüber hinwegtäuschen, dass die Mehrzahl dennoch starb, sei es durch Unterernährung, Krankheiten oder Hinrichtung – es war nämlich immer auch eine Frage der freien Platzkapazitäten. Waren die Gefängnisse voll, musste getötet werden, *first come, first served.*

In einer dieser Zellen, die sich in der römischen Kaserne zu Jerusalem befand, saß der jungenhafte *Dismas.* Er war ein gewöhnlicher Dieb, der einem Kaufmann am Damaskustor einen Messingbecher gestohlen hatte, in der Annahme, es handle sich um Gold. Dismas saß nun schon sieben Monate ein, er bereute seine Tat, aber noch mehr bereute er, erwischt worden zu sein; gegenüber den Aufsehern leugnete er seine Schuld nach wie vor.

Die Zelle teilte er sich mit *Gestas*, einem Rinderdieb. Zwar in ähnlichem Alter wie sein Zellengenosse, war er doch viel gestandener, gefestigter, ja, authentischer. Er bereute nicht, er gestand, er war mit sich im Reinen.

Neben den beiden Schächern wurde das Zellentrio durch *Barabbas* komplettiert. Er war ein finsterer Zeitgenosse und gab wenig über sich Preis – man munkelte, er sitze wegen eines Mordes ein und wenn man ihm in die eiskalten, hasserfüllten Augen sah, traute man ihm dies ohne weiteres zu.

Es war der vierte Monat des Jahres und um die Zeit des Passahfestes. Der Nazarener zog mit seiner Gefolgschaft in Jerusalem ein. In der Stadt war eine gewisse Unruhe auszumachen, im Zuge eines Vorfalles im Tempel, an dem der Nazarener maßgeblich beteiligt war, gab es Tumulte, und wie so oft in chaotischen Zeiten, nutzten Halunken die Gunst der Stunde… Die Stadtgarnison konnte nicht dulden, dass unter ihrer Herrschaft Straftaten keinerlei Konsequenzen nach sich ziehen und damit Chaos Einzug hält. Drum wurden in den drei Tagen nach dem Passahfest Dutzende Diebe und Räuber und Unschuldige gefangen genommen. Die Gefängniszellen waren innerhalb kürzester Zeit überbelegt, was für die bereits länger Einsitzenden vor dem Hintergrund pragmatischer-tödlicher Lösungen, zu welchen die Römer neigten, kein gutes Zeichen war.

„Meint ihr, sie werden uns bald…?“, fragte Dismas seine beiden Zellengenossen, ohne die fürchterliche Vorahnung auszusprechen.

„Halt's Maul“, schrie Barabbas, „du Vieh! Natürlich werden sie *dich* töten, sie werden dich sogar langsam am Kreuz verrecken lassen. Genau das, was du verdient hast“ –

Gestas erwiderte: „Es kommt, wie es kommen muss, Dismas. Womöglich liegt Barabbas richtig, wobei er“ – und dabei blickte Gestas kühl in dessen Richtung – „es am meisten verdient hat.“

Barabbas sprang auf, seine Ketten sorgten aber dafür, dass die Schwerkraft sofort wiederhergestellt wurde.

„Unsere Bestimmung steht vom ersten Tag an fest. Wir müssen so gut es geht in dieser Tragikomödie mitspielen“, sprach Gestas, während Barabbas ein Speichelreigen in seine Richtung abschickte, „ es geht dabei nicht um unsere Rolle – sondern wie wir sie ausfüllen."

Er traf auf Dismas' fragenden Blick.

„Du hast doch mal von dem Nazarener gehört, von dem man munkelt, er sei nun in der Stadt. Schau ihn dir an: er geht seinen Weg und handelt entsprechend seiner Wahrheit. Er erfüllt seine Bestimmung. Unser Schicksal ist ein anderes. Lass es uns nicht mit jenem des Nazareners vergleichen. Lass uns aber, ihm gleich, mutig bis zum Ende gehen, ohne Reue, ohne Feigheit, sodass die Welt sieht: wir blieben uns treu im Angesicht des –", hier hielt er inne, als ihm gewahr wurde, dass Dismas schluchzte; Barabbas indes grinste hämisch. Armer Dismas, dachte er, dieser Weg ist zu viel für ihn. Gäbe es nur eine Rettung! – In jenem Moment wurde die Kerkertüre geöffnet. Ein Römer trat ein, ausweislich seiner schicken Uniform Angehöriger der Stadtgarnison. Sein scharfer Blick musterte die drei Insassen intensiv; er ruhte schließlich auf dem weinenden Dismas.

„Was hast du getan?", fragte er ihn.

Dismas antwortete.

Der Römer nagte an seiner Unterlippe. Nein, dachte er, das ist zu wenig. Wir müssen dem Pöbel einen widerlichen Verbrecher präsentieren, damit ihm die Wahl leicht gemacht wird.

„Und du?"

Gestas erzählte es ihm.

Auch das ist ein Chorknabe, dachte der Römer und schüttelte den Kopf.

„Was war deine Verfehlung?"

Barabbas grinste immer noch höhnisch und antwortete nicht. Ein kräftiger römischer Tritt änderte dies. –

Das ist furchtbar und ekelhaft, dachte der Römer und verzog angewidert sein Gesicht, welch verkommenes Subjekt. Aber genau so einen hatte er gesucht! Er sagte den Wachen Bescheid, welche Barabbas entketteten.

Er sah nicht glücklich aus.

„Siehst du“, sprach Gestas, „sie haben ihn geholt. Weil er viel Schlechteres getan hat, als du! Sie kennen doch so etwas wie Angemessenheit. Pass auf, bald werden sie dich wieder freilassen“.

Aus Dismas‘ verweinten Augen sprach Dankbarkeit.

In den nächsten Minuten erlangte Barabbas Freiheit. Die vor Pontius Pilatus‘ Palast versammelte blutrünstige Menge forderte vielmehr Jesu‘ Tod. –

Wenige Stunden darauf – Dismas schlief tief und Gestas hing philosophischen Gedanken nach über den Sinn des Lebens – knarrte die Zellentür erneut. Zerstreut blickte Gestas die schwerbewaffneten Wachen an, die nun in der Zelle standen. Peitschenhiebe prasselten auf die Gefangenen ein. Und ehe sie sich versahen, wurden ihre Ketten gelöst und ihre Hände auf dem Rücken verbunden.

„Heute ist euer großer Tag“, sprach einer der Römer, „ihr bekommt die Ehre, neben dem Nazarener zu sterben.“

Gefesselt wurden sie auf der später „Via Dolorosa“ genannten Strecke durch die Gassen Jerusalems geführt. Kaum jemand nahm Notiz von ihnen – die Aufmerksamkeit der Stadt war auf Jesus gerichtet, welcher, gezeichnet von schwerer Folter, ein Holzkreuz zur Anhöhe namens Golgatha tragen musste – welch furchtbares Schauspiel! Gestas nahm einen jungen Mann wahr, in dessen Gesicht so viel Hoffnungslosigkeit ausgedrückt war, dass alleine schon dessen Anblick schwer zu ertragen war. Die Blicke der beiden trafen sich für einen Moment; Gestas las intuitiv mehr aus dem Gesicht. *Auch er tat, was er tun musste*! Jemand schrie: „Judas! Verräter!“ und zeigte mit dem Finger auf den jungen Mann, der den gehetzten Blick von Gestas löste, wegrannte und in der Menge verschwand.

Auf Golgatha angekommen, wurde erst Jesus, dann wurde Dismas rechts und Gestas links von ihm ans Kreuz genagelt. Diese furchtbaren, das Mark erschütternde Schmerzen, als Fleisch und Knochen mit Nägeln zerfetzt wurden; und keine gnädige Ohnmacht, die sie überkommen wollte. Die Sonne knallte auf ihre geschundenen Körper. Das war's also, dachte Gestas, was für ein verdammter Witz; nun muss man aber Haltung bewahren und das Ganze anständig zu Ende bringen! Unter Schmerzen drehte er seinen Kopf nach rechts; Jesus hielt seinen Kopf nach oben gen Himmel, er schien ein Zwiegespräch zu führen. Und Dismas? Der schluchzte und bereute und haderte mit seinem Schicksal. „Dismas!“, schrie Gestas mit heiserer Stimme, „nur Mut Du erinnerst dich doch noch an Brians Kreuzigung: , always look on the bright side of life!'".

Doch Dismas war nicht mehr nach Lebensbejahung zumute. In Angesicht des unweigerlichen und nahenden Todes fühlte er von seinem Kreuznachbarn eine starke, gute Kraft ausgehen, wie er sie noch nie gefühlt hatte; dieser Mensch, dachte er, wird den Tod überwinden, so wie es nur der Sohn Gottes tun kann.

„Jesus, denk an mich, wenn du in dein Reich kommst!", sprach Dismas.

Jesus antwortete ihm: „Amen, ich sage dir: Heute noch wirst du mit mir im Paradies sein."

Gestas aber, der aufrechte Sünder, der authentische Verbrecher, der den Becher bis zur Neige leeren wollte, weil er wusste, dass dies war, was er tun musste, schwieg.

KERKAPORTA

Aber in der Geschichte wie im menschlichen Leben bringt Bedauern einen verlorenen Augenblick nicht mehr wieder, und tausend Jahre kaufen nicht zurück, was eine einzige Stunde versäumt. –
Stefan Zweig, *Sternstunden der Menschheit*

Byzanz, die einst prächtigste Metropole auf Gottes Erden, in welcher mit der Hagia Sophia die herrlichste Kirche des Abendlandes stand, Byzanz, die Residenz Kaiser Konstantins, Herrscher des seinerzeit größten Reiches der Welt, Byzanz mit seiner für uneinnehmbar geltenden Stadtmauer, Byzanz oder auch Konstantinopel war nun, in der ersten Hälfte des 15. Jahrhunderts, ein Schatten seiner Selbst. Westrom konnte seinen Brüdern im Geiste jenes Schisma, welches rund 400 Jahre zuvor vollzogen wurde, nicht verzeihen. Die Abkehr vom Stuhl Petri, das war aus Sicht Roms Sünde; und doch behielt Europa in Erinnerung, dass auch jene Häretiker Getaufte waren, dass auch sie sich zu Christus bekannten; es waren gewiss Sünder, aber das war nichts im Vergleich zu jenen östlichen Nachbarn Byzanz‘, den ungläubigen Osmanen, welche unter Sultan Mehmed II.

prosperierten. Die Zeichen der Zeit waren klar: hier ein zerrissener, unter Aberglauben und geistigen Fesseln leidender Kontinent; dort ein geeintes Reich, dessen Jugendhaftigkeit nach Weltruhm lechzte; hier also Partikularinteressen, Eitelkeit und Nebenkriegsschauplätze; dort Sturm und Drang und Pragmatismus.

Im Umland Konstantinopels, jenseits der sicheren Stadtmauern, unternahmen muslimische Freischärler regelmäßig Raubzüge gegen ihre christlichen Nachbarn. Sie taten das, was Feinde aller Zeiten taten: Männer im wehrfähigen Alter wurden enthauptet, Frauen im gebärfähigen Alter vergewaltigt und, je nach Laune des Räubers, entweder getötet oder als Beute verschleppt. Manch‘ muslimischer Ehrenmann konnte sich dadurch einen privaten Harem einrichten. Kinder indes wurden fast ausnahmslos von den Eindringlingen mitgenommen. Ihnen konnte noch, auch wenn dabei mitunter Zwang angewendet werden musste, ihre kollektive Identität genommen werden; meist schworen sie ihrem Glauben ab, konvertierten und hassten ihre Eltern: sie wurden vorbildliche und fanatische Osmanen, die danach lechzten, die Fahne des Halbmondes durch die Welt zu tragen; die männlichen Krieger wurden als Janitscharen bezeichnet.

Helena hatte ihrem Gatten, Konstantin, zwei Zwillinge geboren, und sie tauften den jüngeren auf den Namen Adonis, denn er war schön und zierlich; und dem wenige Minuten älteren Bruder gaben sie den Namen Achilleas, nach dem großen Helden des Trojanischen Krieges, denn er war ein kräftiges Kind. Die Eltern besuchten, als ihre Söhne fähig zum Reisen waren, ihre Verwandten, welche auf einem östlich von Konstantinopel gelegenen Hof wohnten. Mit einem großen Fest wurde der Nachwuchs begrüßt, süßer Wein floss in rauen Mengen, köstliches Lammfleisch serviert, zum Nachtisch Honigspeisen gereicht. Die Gesellschaft war vergnügt. Die jüngeren Männer, welche nach Räubern Ausschau halten sollten, schauten lieber in ihren Weinbecher. Niemand nahm den Staub wahr, der von den Pferden aufgewirbelt wurde. Erst als die berittenen Osmanen wenige hundert Meter entfernt waren, wurde Achilleas ihnen gewahr, er schrie und imitierte Pferdegeräusche. – Und sie rannten und torkelten zu den östlichen Toren, doch es war zu spät.

„Wir müssen raus hier!“, schrie Konstantin zu seiner Geliebten, „nimm du Adonis!“. Das Chaos war furchtbar, die Säbel der Angreifer verrichteten ihr grausames Werk, Geschrei, Blut, Lärm. Helena schnappte sich ihren jüngsten Sohn. Wo war Achilleas? Sie konnte nur Konstantin sehen, welcher ihr den Rücken zuwandte. Er drehte sich noch einmal um: „ macht das ihr wegkommt! Ich suche Achilleas!“, schrie er verzweifelt, „Achilleas!? Achilleas?!“ – er rannte in das Getümmel, dort wo sich Griechen und Osmanen die Schädel einschlugen. Ein Angreifer ritt wollüstig grinsend auf Helena zu, das war die perfekte Beute für ihn; da gab sie ihrem Pegasus die Sporen und ritt, verzweifelt und bloß mit ihrem jüngsten Sohn, hinfort Richtung Westen. Der Angreifer blieb zunächst hartnäckig; er unterschätzte jedoch die Reitkünste der jungen Griechin und als endlich die Stadtmauern Byzanz‘ auftauchten, machte er kehrt, nicht ohne Helena eine Verwünschung nachzurufen.

Konstantin indes traf das Schicksal sämtlicher Männer, welche auf dem Fest zugegen waren. Den anderthalbjährigen, schreienden Achilleas nahmen die Eindringlinge mit; die anderen Kinder teilten sein Schicksal.

Die Jahre zogen dahin.

Achilleas genoss eine ausgezeichnete Ausbildung in Geometrie, Astrologie, Algebra. Er las die Werke Ibn Sinas, des legendären persischen Arztes, welcher im Westen auch unter dem Namen

Avicenna bekannt ist. Mit fünf Jahren sprach er ausgezeichnet die Sprache der Türken; mit zwölf Jahren fließend Arabisch. Er lernte den Koran auswendig; er sprach das Glaubensbekenntnis und wiederholte es mehrmals; und er spukte auf das kleine Silberkreuz, das man ihm vorgelegt hatte. Er ward nun ein Anhänger des Islams und er wurde vom Orden der Janitscharen aufgenommen, denn seine Neigung war, trotz aller Affinität zur Wissenschaft, der Krieg. Er nahm einen neuen Namen an, Fathi hieß er fortan, „der Eroberer". – Und genau dies wollte er: Byzanz erobern, den Balkan erobern, dann gen Süden, nach Rom.

Hinter den Stadtmauern Konstantinopels trauerte Helena jeden Tag. Natürlich hatte sie keinen Beweis dafür, doch sie wusste, dass sie Witwe war und ihres ältesten Sohnes beraubt, auf immer; denn mit jedem Tag würde das Band zwischen Achilleas und ihr schwächer – nicht wegen ihr, und würde sie ihn erst in dreißig Jahren wieder sehen, ihre Liebe wäre nicht geschmälert. Doch die Osmanen würden dafür sorgen, dass er sie vergisst, dass er seine Wurzeln vergisst, dass er die Grausamkeiten vergisst, welche ihm angetan wurden.

Adonis entwickelte sich spiegelbildlich zu seinem Bruder. Dem Kriegerischen konnte er nichts abgewinnen, ebenso wenig dem allzu Praktischen; die Wissenschaften sprachen ihn an, doch war deren Ausübung zu jener Zeit in jener Kultur nur schwer möglich. Statt die Wahrheit zu suchen, wurden Dogmen gelehrt – dies war so konträr zum alten Griechenland, dessen Helden, Prometheus gleich, zu den Göttern strebten. Nun also stand im Vordergrund, das offiziell Richtige zu glauben; Adonis durchschaute diese Idiotie, und so emigrierte er „nach innen“: er wurde Poet und seine kreativen Kräfte spannten sich. Wie jede Einseitigkeit forderte diese Entwicklung ihren Tribut: seine praktischen Fähigkeiten verkümmerten, er lebte in geistigen Bildern und übersah das Konkrete oft.

Nun schreiben wir das Jahr 1453 des Herrn. Die Anzeichen haben sich verdichtet, alles steht auf Krieg – Mehmet II., der vitale Sultan, wagt den Sprung gen Westen. Konstantinopel muss fallen, wird fallen, das hat er geschworen; und dieser Sieg, das weiß er, wird ihm Unsterblichkeit verleihen, und seine Nation zu einer ruhmreichen machen. Über der Hagia Sophia wird der Halbmond wehen! – Diese Vision treibt ihn an und sein Heer, zehntausende Männer, ziehen los; die Speerspitze bilden die Janitscharen, jene ehemaligen Christen, die nun Allah dienen, und ihr Leben dafür geben werden, Mohammeds Lehren zu verbreiten. In ihren Reihen reitet der dreißigjährige Fathi, der Sohn Helenas und Konstantins. Dunkle Erinnerungen steigen in ihm hoch, als er der Stadtmauern Byzanz‘ gewahr wird; seiner Herkunft ist er sich nicht mehr klar bewusst, doch weiß er, was das Schicksal eines Janitscharen ist. Sein Herz pocht vor Freude und Kampfeslust.

Die männlichen Bewohner Konstantinopels werden zu den Waffen gerufen, sofern sie im wehrfähigen Alter sind. Alle Männer zwischen 14 und 60 Jahren müssen diese großartige Stadt verteidigen, diesen letzten Vorposten des Abendlandes; dieses schert sich indes kaum um Byzanz‘ Schicksal. Nur wenige Länder schicken Unterstützung, welche ihrerseits mager ausfällt. So sehen sich einige tausend Byzantiner einer sechsstelligen Zahl osmanischer Krieger gegenüber.

Adonis wird in der Kunst des Schwertkampfes unterwiesen. Er ist zu zaghaft. „Schlag zu!“, brüllt ihn sein Ausbilder an; doch er sticht nur halbherzig in seine Richtung. Man schickt ihn zu den Bogenschützen. Er stellt sich ungeschickt an und überspannt oder unterspannt den Bogen; die Bogensehne reißt. Der Ausbilder ohrfeigt ihn kräftig. Er schüttelt den Kopf, als er Adonis ängstlichen und zugleich verträumten Blick auffängt. „Kannst du wenigstens“, schreit er, „Tore abschließen?“. Er schreitet mit Adonis die innere Stadtmauer ab und zeigt ihm Tor für Tor; Tore hatten für Adonis immer etwas mystisches, sie waren ein Zeichen immanenter Transzendenz; je mehr Tore sie abschreiten, desto verträumter wird Adonis, in seinem Kopf entsteht ein Gedicht; vor der Kerkaporta, einer kleinen Türe, bleiben sie stehen. „Diese Türe“, spricht sein Ausbilder, „ist nicht minder wichtig als irgendeines der großen Stadttore. Kaum einer weiß von ihrer Existenz. Doch sie führt direkt nach draußen. Wir brauchen sie und wir lassen sie so lange wie möglich offen, falls versprengte Griechen bei uns Schutz suchen. Dann werden wir sie durch diese Türe reinlassen. Verstehst du? Diese Türe musst du zuletzt verschließen. Wenn wir diese Türe nicht abschließen, wird Mehmet einfach in unsere Stadt spazieren!“.

Adonis nickt lächelnd, verzaubert.

An jenem Abend verfasst er die ersten Strophen eines Hymnus.

Und während die Osmanen die Stadt belagern, feilt Adonis in den Nachtstunden an seiner Lyrik, während er tagsüber auf den Mauern

Byzanz‘ steht und die Szenerie beobachtet. Noch ist kein Sturm der Angreifer zu erwarten.

Ende Mai dauert die Belagerung nunmehr beinahe zwei Monate. Bis auf einige kleine Gefechte gab es noch keine ernsthafte Schlacht, noch keinen Sturmangriff. Mehmet II. wird ungeduldig. Es ist eines Osmanen unwürdig, unentschlossen zu verharren, anstatt das Ziel kompromisslos anzugreifen. Mögen die eigenen Opfer noch so hoch sein, es ist Zeit für den Angriff. Des Nachts ertönt aus tausenden osmanischen Kehlen das islamische Glaubensbekenntnis; die Byzantiner feiern eine letzte Messe, Adonis sitzt mitten in der Sophienkirche, er fühlt sich ganz dem Heiligen Geist verbunden – in dieser Nacht, dies spürt er, nachdem er den priesterlichen Segen erhalten hat, wird er sein Werk vollenden. Doch zunächst muss er seiner profanen Verpflichtung nachkommen; ihm werden die Schlüssel sämtlicher Tore und Türen in die Hand gedrückt.

Zwischen Kanonendonner und Pfeilhagel reitet Fathi mit seinen Kameraden auf die Mauer zu, die wendigen Janitscharen reiten Tor für Tor ab. Angriffswelle folgt auf Angriffswelle, Leitern werden aufgestellt, manche Krieger erklimmen die Mauer – und werden von den Verteidigern sofort ins Jenseits befördert. Die Verluste der Osmanen sind beträchtlich, die Erfolge überschaubar – einige kleine Löcher in den Mauern werden seitens der Byzantiner sofort notbehelfsmäßig verschlossen; keines der Löcher bietet ausreichend Platz, damit dadurch ein Mensch in die Stadt dringen kann.

„Rückzug!“, schreit Fathis Kommandeur, und als er Fathis hasserfüllte und entschlossene Miene erblickt, stammelt er entschuldigend „vorläufig!“. Doch Fathi sträubt sich; vorhin, so schien es ihm, dass er eine Türe in der Stadtmauer erblickt hat. Dies hielt er aber für eine Schimäre, vielleicht war es dem Adrenalin geschuldet, dass sein Blick nicht klar war, vielleicht war es auch Schweiß, der ihm in die Augen tropfte und ihm dieses Bild einer Türe suggerierte. Doch er will sich nicht, noch nicht, zurückziehen, ehe er diese Option überprüft hat.

Adonis verschließt das letzte Tor, Gott sei Dank, denkt er, denn auch an seinem geistigen Gemüt geht die Schlacht nicht spurlos vorbei. Doch irgendetwas macht ihn stutzig; da erinnert er sich. Es waren ja nicht nur die Tore, an die er denken musste – er rennt los, mit aufgerissenen Augen stürzt er zur Kerkaporta, jener Türe, die er nicht vergessen darf, und er hört schon fremde türkische Worte aus einer einzigen Kehle, doch der Klang jener Stimme ist ihm merkwürdig vertraut. Sie sind so nahe! Er wirft sich auf die Türe, doch in jenem Moment tritt der kräftige Fathi sie ein und betritt als erster Angreifer die Stadt. Triumphierend entfährt ihm ein gewaltiger Urschrei, der seine Kameraden anzieht. Im Schein seiner Fackel erblickt er die Augen Adonis‘. –

ISBN 978-3-7549-1501-1

www.epubli.de